말의 화살

오안 김분조 시집

말의 화살

오안 김분조 시집

예술의숲

첫 장을 열며

비워내는 삶이
얼마나 행복한 일인지
시를 쓰면서 알게 됐다
시가 가져다준 행복이
영원하리라 믿는다

2024. 여름 오안 김분조

◈ 차 례 ◈

2. 오안
한 줌의 추억

3. 오안
그림자를 밝힌다

4. 오안
봄바람 탄 풀꽃

5. 오안
세월의 벽을 타고

1 오안
벽을 오르며 길을 낸다

발자취를 좇아
큰 울림으로 깨달은 진실에
새로운 길을 만들어 간다

길에서 길을 찾다

무너미 들길을 걷는다
한 마리 새가 창공을 갈라
길을 내며 오른다
담쟁이가 연초록 머리 들어
벽을 오르며 길을 낸다

길이란
어떤 날은 집채만 한 파도가 막고
어떤 날은 마음속 돌풍이 막고

살다가 어느 날 생명을 다하면
잊힌 사람이 되듯
모든 시간이 흐른 뒤
그 사람의 발자취를 쫓아
큰 울림으로 깨달은 진실에
새로운 길을 만들어 간다

맞춰야 한다는 것

맞춰야 하는 것이 헛돌아
삐거덕거린다
말의 씨앗들이 거미줄에 걸려
어둠의 창가에 돌아누운 날

첫 단추를 잘 못 끼우면 어긋나듯이
날쌘 말의 화살은
밤하늘의 별처럼 주워 담지 못한다

눈빛을 맞추고
서로의 생각을 어루만지니
물감을 풀어놓은 듯 어우러져
무지갯빛 그림 하나가 완성되었다
누군가는 맞춰야 이루어지는 길을
하나하나 알아가는 중이다

잃어버린 열쇠

가져갈 것도 없고
내어줄 것도 없는
문고리를 걸어 잠근다
찰떡궁합으로 만나
나는 붙박이로
그는 나그네처럼 살았다

온몸을 채워주던 그가 자리를 비우면
무료함으로 기다리다가
틈 사이를 젓가락으로 눌러보고
쇠꼬챙이로 찔러 보았지만
빈자리는 컸다
그가 토라져 가출이라도 하면
앓던 이 빠진 듯 시원할 때도 있었지만
시간이 지나면서 그 사람 마음을
되돌릴 수 있을까 초조함이
그리움으로 바뀐다
며칠간 끙끙 앓다가 돌아온 그에게
따뜻한 손을 내민다

비 내리는 길 위에서

비 내리는 저녁
아스팔트 길 위에는 오색의 불빛들이
봄꽃처럼 화사하다

우산을 펴고 신호등 앞에 서서
건너편 편의점에서 흘러나오는
세일 중인 원플러스 원 행복이
반쯤 젖은 발걸음을 가볍게 한다

삶이라는 길은
내비게이션이 안내하듯
편한 길은 허용되지 않았고
아스팔트 위 빗물처럼
뜻과는 다르게 흘러갔다
하지만 빗길 위의 빛처럼
반짝이고 싶어서
외줄타기를 서슴지 않았다
어리석게도

비의 일탈

비 오는 강물 따라 아픔도 흘러
갈지자걸음이다

소소한 일상이
비의 올가미에 곡예를 한다
제습기로 말려도
걸러내지 못한 슬픔을
봉투에 넣고 봉한다

때로는 상처받고
때로는 위로받고

장마의 자리에 무너진 현실
젖은 날들을 펴서 말린다

소쩍새 울음에

이런저런 이유로
잠 못 드는 밤
천장에 그려진 무늬 수 세어보고
꽃 그림에 토끼도 그린다
운무 깔린 밤에 지난날이 그려진다
정담 나누던 친구들
살기 빠듯해 소식 없이 지나간 날
서리 내린 머리 위로 그려지는 추억이 새롭다

고향 동네 입구에 채송화며 봉선화
길섶에 이어지는 민들레꽃
지금도 피고 지는지
실개천 따라 다리 둥둥 걷어붙이고 걸어간
과수원 친구 집에서 기타 치며 노래 부르고
앞날을 얘기하던 그때
소식 끊긴 지 오래되어
새삼스레 돌아보기도 민망하다

그새 자정이 넘어
창 너머 용담산에서 우는 소쩍새가
추억을 더더욱 달군다

우산

하늘이 훤히 보이는
비닐우산 쓰고 학교 가는 길
바람결에 날아가
발을 동동 구르던 생각이 나는
비 오는 날
가족의 우산이었던 아버지의
말 없는 사랑이 전해온다

이제 그 자리가 된 그대
때론 얄밉다가
때론 믿음직스러운 모습
소소한 잔소리까지도
애잔한 그대가 있어 행복하다
나도 그대의 우산이 되어
붉어진 눈시울 닦아주리라

애당초

망울망울 맺힌 봄
집 안으로 스며들었다
자그마한 키에 넓은 잎
돌 틈 사이에서 움튼다
어느 샌가
발그레한 꽃봉오리 맺혀
꽃놀이 나왔다

봄이 만개할 때쯤
서로 시샘하듯
싱그런 꽃을 닮은 친구들은 어떤
봄날을 맞이하고 있을까
아침 이슬 머금고 살포시 내려앉은
행복한 보금자리
애당초 모르던
애당초꽃

참나무의 비애

어느 날
싹둑 잘려 나간 아름드리 참나무
꿈틀거리던 꿈은 안갯속이다

가지에서 노닐던 새들 날아가고
어둔 색으로 갈아입었다

덩그러니 남겨진 나이테
무너진 봄날의 날개는
허공으로 날아 점점이 사라진다

한 그루의 나무가 자라기까지
삭풍을 이겨낸
인생살이와 다르지 않아
짠하다

사라지는 숲을 바라보며
허한 속 비집고 들어오는
마음의 빛

아까시꽃

나무줄기 따라
청설모 오르내리는 숲길 초입에 들어서면
은은하게 흘러나오는 꽃향기에 몽롱하다
꿀벌도 하얀 눈의 유혹에 비틀거리고
곡절 많은 사연도 숲에 묻힌다

꽃줄기 한 움큼 입에 물고
풀냄새 가득 느껴지는 것은
배고픈 시절이 아련해서다
수많은 이야기를 묵묵히 들어주던
산자락의 그리움이 흐른다
세월이 흘러도 잊지 못할 아까시꽃
고향의 그 향기를

어머니의 옥수수

사그락사그락
바람 스치는 소리
등 굽은 호밋자루에
속살 익어가고
누런 수염 고개 숙이면
마음도 몸도 바빠진다

하얀 풋 알 드러낸 넘치는 사랑
어머니의 시간은 더디게 흐르고
문풍지 사이 동구 밖으로 향하는 눈길

앞마당 너털웃음 퍼지는 날
어머니 주름진 얼굴에
낮달 떠오르고
끝없는 사랑은
메마른 가슴 촉촉 적신다

억새

겨울 냉이 꽃이 소복소복 피어난
산 밑 논길을 걷는다

바람 부는 골짜기를 걸어야
흔들리는 억새를 만나고
비 오는 날 우산 없이 걸어야
억새의 하얀 마음을 안는다

사랑하면
억새의 손을 잡을 수 있고
이별하면
슬픔의 무게를 가늠할 수 있다

낙엽이 내려앉은 길 위로
억새가 겨울 산을 하얗게 물들이고 있다

밥

설핏 잠이 들었다
일어나보니 밥 때가 지났건만
머슴 셋이 눈만 끔뻑끔뻑
기다린다

쪄낸 호박잎
매운 고추 넣고 끓인 된장찌개
사랑 한 쌈
웃음보따리 한 쌈
터질 듯한 입속에서 행복이 한 쌈이다

푸른 날 가족이라는 이름으로
보따리 가득 채워진 매듭을
하나씩 풀며 옴팡지게 살아온 그때마다
밥은 먹었니 이 한마디로
서로를 다독이며 건너온 세월

어느 노인의 마음을 읽다

별들도 숨을 죽인 장마로
밭농사 수확이 반 토막이다
이웃 울타리까지 점령한
호박 넝쿨엔 호박이 없고
주저앉은 꽃들엔
벌도 오지 않는다

무릎과 뼈에 바람 든
노인은 고요하다
어쩌다 수화기 너머로 들리는
안부의 매미 소리뿐
외로움이 눈가를 적신다
거미줄 친 문턱에 기대서서
외지의 자식들 걱정하는
쓸쓸한 그리움 그들은 알까

세탁

쿰쿰한 날들을 대변하는 작업복에
엉킨 가슴 속 먼지가 쌓여있다
주머니 속의
부스러기 같은 시간을 털어내며
가끔 동전 한 닢과
낡은 간이 영수증이
낙엽처럼 허허롭다

시간이 흐르고
말끔한 바람과
10월의 그림자가 서성이는
햇살과 마주한다
옷과 마음을 수선하고
상큼한 기억을 마음에 걸어두고
뽀송뽀송한 내일을 기약한다

하늘로 간 꽃

어둠에 갇혀 피지 못한 꽃 한 송이
창가에 떨어졌다

밤새 수군거리던 별들도 희미해져
쓸쓸한 꽃잎의 눈물을 닦아주고
떨어진 꽃잎의 마음을 읽었는지
철없는 비가 가슴 가득 내린다

영원할 순 없지만
누군가는 먼저 가서
누군가는 늦게 가서
이별은 늘 아프게 한다

탯줄

입춘이 지나고
호박죽을 끓이기 위해
단단한 호박에 칼집을 내자
호박 안에는 탯줄 따라 새싹이
뿌리를 내리고 있었다

인연의 끈은
쇠사슬처럼 길고도 질기다
회색으로 물들어도 더 그립고
가슴 안에 파고든다

사랑의 탯줄은 시간이 흘러도
파편처럼 박혀 이 생과 저 생으로
뿌리 깊게 이어지고 있다
가족이라는 이름으로
사랑이라는 이름으로

저만치 봄이 오고 있다

봄이 2월 손을 잡고
텅 빈 들판을 가로질러
쑥부쟁이 얼굴을 스치며
파릇이 눈을 뜨고 온다
산등성이마다
얼굴 붉힌 바람 따라오고
구름이 흘린 눈물에 젖어 오기도 한다
동면에서 깨어난 개울 따라
반짝이며 다가온다
몇 번이고 꽃샘추위의 전술에도
봄은 옷자락을 펼쳐 놓는다

바느질을 하며

옷에 단추를 단다
간단한 것 같지만
세세한 손재주가 있어야 한다

천과 천 사이를 잇고
희생과 사랑을 보여주는
어머니의 반짇고리에는
목마름의 넋두리가 담겨있다

조각조각 이어진 조각보같이
작은 것을 소중히 여기는
무언의 가르침은 오늘의 지혜가 되었다

한 번 엉킨 실의 매듭은
쉽사리 풀어지지 않고 고집을 부린다
고집 하나로 꽃 같은 길과 굴곡진 길의
실타래를 세세하게 풀어내며
어머니의 손길로 엮어진
사랑을 기억한다

유혹

한적한 시골 마을 한 쪽 마당에
흰둥이 개의 배설물에
하얀 나비들이
피아노 건반 두드리듯
날았다가 앉았다가
외로움을 길어 올린다
꽃의 유혹보다는
똥내가 더 맛을 당기는 모양이다

2 오안
한 줌의 추억

가느다란 기억들
호미처럼 굽은 허리로 일궈낸
어머니 텃밭

그리움을 딴다

언제 그랬냐는 듯 고요하다
비바람에 놀라 서성이던 호박
푸른 잎을 밀어내고 있다
상처 난 상춧잎 뒤에 웅크리고 있던
딱정벌레도 제자리 찾았다
담장 밑 빛바랜 장미의 꽃잎에서
허기진 추억이 한 줌 돋아난다
우박에 방울방울 떨어지던
방울토마토의 눈물
속울음 삼키시던 어머니 마음 같다
새살 돋듯 돋아난 부추 섶에
투영되는 가느다란 기억들
호미처럼 굽은 허리로 일궈낸
어머니 텃밭

채소를 먹고 자란 나
이제 내 손으로 거둔다
하나
둘 그리움을 딴다

목화

몽실몽실 구름 속에서 피어나
어릴 적 텃밭 풍경을 그린다
목화밭에서 주전부리로 먹었던
목화송이에 매달린
설익은 추억들이
소나비도 피할 수 있는
여유를 줄 때가 있었다

꿈꾸듯 시작한 새로운 울타리에
어머니가 만들어 주신
목화 솜이불을 덮고 써 내려온
인생길에
따스한 삶의 길잡이가 되어준
목화

인연

화살처럼 지나간 생애
단 한 번도 마음 끌리는 대로
살아본 적 없다는 그녀
책을 쓰면 스무 권도 넘을 거라는 그녀
이혼 서류를 열두 번 넘게 쓰고도
헤어지지 못하고 여든을 넘긴 허리가
할미꽃이다

깜깜했던 인생길
인연을 두고 떠나지 못했던 어느 날
그가 밥숟가락 놓아버렸다
덩실덩실 춤출 것 같았지만
꺼이꺼이 대성통곡으로
두 손 모은다

종이비행기

구름 사이를 비상하고픈 종이비행기가
연필 끝에 누워 흐느적거리고 있다
잡힐 듯 잡히지 않는 별처럼
창가에 서서 작은 바람에도 흔들린다

산 그림자 집어넣고
방향 없이 걷고 있는 길 따라
생각에 생각을 거듭하지만
옴짝달싹 못 하고 제자리
현란한 봄이 온대도
낮은음자리

내 마음 시 꽃으로 타오를 수 있다면
원하는 대로 흘러갈 수 있다면
코끝이 찡해지는 시심을 펴고
바닥으로 고꾸라지는 너를 세워
다시 날아갈 준비를 한다

흔들리는 봄

봄이 흔들리고 있다
짐수레가 힘겹게 봄 길을 끌고 있다
굽은 허리에 주름진 할머니가 끄는 봄은
어떤 사연을 간직하고 있을까
가랑비에도 일손을 놓지 못하는 것은
무엇 때문일까
독거노인일까
가끔 안 보이면
어디 아픈 건 아닌지
이 길을 지날 때마다 궁금하지만
물어볼 용기도 도와줄 힘도 없다

한때는 가족들과 따뜻했을 할머니
사랑하는 자식들을 위해
희생했을 어머니였을 텐데
가난의 굴레가 한겨울처럼 슬프다

내리사랑

청춘을 불살라
금이야 옥이야 기르던 자식이 떠나가고
겨울나무가 되었다

따뜻한 온기와
촉촉한 마음을 담은 정성에
때론 함박웃음이 때론 가슴 철렁하는 일들을
경험하지만
부모라는 과제 앞에 굳건히 서 있다

이제 부모가 된 아들 며느리
제 자식을 향해 온몸 사른다
바람 불면 날아갈까
불온한 미디어에 노출될까
까만 속을 태운다
더 복잡해진 셈법의 요즘 세대
늘 바른길을 갈 수 있도록
간절한 내리사랑을 하고 있다

징검다리 건너며

한 발 한 발 내디딘다
물길로 흐르는 추억 사이로
허리를 굽혀보니
회오리치며 떠내려가는
모래알의 옹알이

새로운 물줄기 찾아
경주마처럼 달려온 길에
지난날의 서러운 것들을 밀어 보내고
시간의 물줄기를 길어 올린다

그게 옳은 길이라고
아등바등 살아온 나날 앞에
여유를 결심한 순간
봄날 새순 돋아나듯
행복의 징검다리를 걷는다

모과 향

서리 내린 날
이웃집 나무 끝에서 따온 모과 몇 알
차 안에 냄새를 지우려 넣어두었다

차 문을 열어본 남편
왜 내 얼굴이 여기 있지
그 말에
순간 뜻을 읽지 못해 바라보다가
떠오른 모과
못난이라 불리지만
맛 대신 은은한 향을 낸다

겉모습으로 속마음을 알 수 없듯
뭇 마음을 움직일 내면의 향기
깊이 간직하고 싶다

사랑해서

겨울 냉이가 수줍게 올라와
홍조를 띠는 날
그 사이로 키 큰 덩굴 가시가 바지에 붙어
사랑 자리 옮겨달라고 애원한다

어떤 것은 끈끈이로
어떤 것은 침으로
마음을 흔든다
엄마 젖 뗀 후
불혹을 넘기며 언제 한번
이런 사랑을 받아본 적 있는가

하나하나 떼어 흙으로 품는다
봄에 새롭게 태어나 다시 만나자고
눈높이를 맞춘다

가을에 핀 장미의 고백

골목길 끝 집 장미 울타리에
가시마다 돋아난 열꽃이 스산하다

사계절 내내
한 잔술에 붉게 물들었던 남자
산길에서 만난 무서리에 꿈은 사라지고
지난날을 돌아보며 때늦은 후회를 한다

가을이 떠난 자리
힘겨운 나날을 잊어보려는 듯
속내가 복잡하고
회한이 스멀스멀 올라올 때
갈라진 마음 갈피에 핀 장미가 붉다

10월의 밤

이파리 하나 둘
떨어지는 소리 들으며
가을을 보냅니다

한밤 바람 소리에
외로움은 창가에 머무르고

달빛에 흔들리는 은빛
억새에 비할 수 있을까요

당신을 사랑했다가
떠나간 발자국이
마음에 지문처럼 남아 있네요

먼 기억이 숨겨진
가을을 더듬습니다

풀씨

풀들은 계절을 안다
10월이면 어린 풀들도
재빠르게 꽃을 피워 씨앗을 퍼뜨린다
가을이 웃을 수 있는 건
봄이 있기 때문이다
고라니 등을 타고
새를 따라
이 산 저 산 흩어져 겨울을 맞는다
계산하지 않고
열매 맺고 떨어져
산하를 푸르게 채색한다

물속에 핀 산국

동공이 물속 노을 길에 피어있는
산국에 빨려들었다
가을이 조용하게 흔들리고
해 질 녘 햇살에 비친
마음 밭에 홍조를 띤다

한 번쯤 부르고 싶은
소년의 이름
소녀의 이름

언제였을까
되새김질하는 산국향이
볼우물에 물들어
코끝이 찡하도록
그리움을 부른다

눈 내린 산길에서

겨울은 추워야 한다고
무더기로 내린 눈발에
그 많던 새들은 어디로 가고
팔랑귀 낙엽도
흰 발자국에 묻혀 고요하다

이깟 추위쯤 아무것도 아니라는 듯
소나무는 한결 더 머리 쳐들고
저쪽 산 너머의 봉우리를 바라본다

은빛으로 둘러쓴 하늘은 햇살을 기다린다
산길에서 하늘까지
맞닿은 마음도 하얗게 붓칠하고
마지막 남은 나뭇잎 떨어지면
서로 다른 나무들이 기대어
눈꽃으로 피어난 가지마다
봄꽃을 기다린다

겨울 뻐꾸기

봄을 노래하던 철새 뻐꾸기가
텃새가 되었나
아파트 공사장에서
계절도 없이
밤낮 가리지 않고
구슬프게 울어댄다

문득 지난날이 떠오른다
떠돌이 생활로
철새처럼 옮겨 다니던 그때
내 집 하나 소원을 이루고
명패 달던 날의 흐뭇한 웃음

나는 계절도 모르는 뻐꾸기였다

거울

있는 그대로를 보여줄 뿐인데
내가 아닌 듯 보이는 것은 왜 그럴까
세월을 거스르는 셈법을 그린다

거울에 비친 자신을 적이라고
마구 쪼아대는 꿩처럼
지나온 날들의
흔적을 탓하는 눈이 흐릿하다

냇물이 흘러 바다로 가듯
굽이굽이 돌아가는 시간 안에서
백지는 또 다른 날을 적어 가겠지
되도록 만족스런 모습으로
내 안의 나를 찾아
시간 속으로 떠난다

생존전략

담벼락의 담쟁이넝쿨 사이 깊은 곳에
토종벌 집이 있다
달콤한 꿀과 여왕벌을 지키기 위해
문지기 꿀벌들은
왕탱이 공격에 바람을 일으켜 물리친다

사랑과 책임감을 일깨워준 토종벌
자연의 섭리를 보고
순간순간 세상과 마주하고 살아가며
사랑이라는 이름으로
간섭하지 않는지 돌아본다

난장판

이른 아침부터
산 밑 벌꿀 농장의 꿀벌들이
윙윙거린다
봄부터 가을까지 모아온 꿀이
멧돼지의 습격으로 난장판이다

집을 잃어버린 벌들도
한 해 농사가 헛수고 된 농부도 허탈하다

젊은 날 벌집 쑤셔놓은 듯
마음이 복잡할 때
내면의 주름을 펴기 위해
가슴앓이 했었다

이제 가을날
알곡처럼 마음도 영글어
일상의 기쁨이 잔잔하게 여울진다

혼밥

휴게소 식당에서
휴대폰이 밥처럼 보인다

아이와 아빠가
마네킹처럼
눈으로는 휴대폰을 먹고
입으로는 밥을 먹고 있다

주고받는
따뜻한 말 한마디 없는
밥상머리
가을 낙엽처럼 쓸쓸하다

3 오안
그림자를 밝힌다

뭉게구름이 만들어놓은 화선지에
집을 짓고 마음을 그려 넣는다

비 온 뒤 하늘

마당에 돗자리를 펴고 누워
비 온 뒤 맑게 갠 하늘을 보며
그림자를 밝힌다
뭉게구름이 만들어놓은 화선지에
집을 짓고 마음을 그려 넣지만
채워지지 않는 허탈에 눈을 감는다

흩어졌다 모아졌다
온갖 형상을 만드는 구름 사이로
흔적을 남기고 간 비행기
그 길 위에 새 희망을 모은다

소금

이른 아침
보라색에 어울리는 화장을 하고
섬으로 간다
매표소 앞 경로 우대
보라 옷을 걸치면 공짜
아직은 보라색 셔츠가 어울리는 나이다

파도가 햇살에 구워져
넘실거리는 수평선이 뒤척인다
새들도 바다의 웃음을 쪼아 먹고 반겨준다

종종걸음 하며 살던 그날들
방치한 작은 신호가 그늘 되어 친구가 됐다
모든 걸 깨닫게 해준 고마운 침구다
오르려고만 했던 그때
그냥 살면 되는 것을 그땐 몰랐다
언제나 빛과 소금처럼 살고 싶었던 날이
어리석었다

지나온 인생 위에 지금의 삶
명함 내밀듯 당당하게
행복하다고 말할 수 있다

눈에 대한 생각

먼지 낀 창문에
거미가 집을 지었다
남이 잘못한 것만 보고
나의 잘못은 보지 못해
기쁠 때도 무채색의 눈물이고
슬플 때도 똑같은 눈물이다

볼 것 못 볼 것 많이 보았으니
걸러낼 것은 걸러내라는 것일까
거울 같은 맑은 빛으로
세상을 바라보았으면 괜찮았을까
마음속 새 창문을 열고
새 풍경을 그린다

하루 하루

오늘 하루가 소중하다
누군들 소중하지 않을까만
덤으로 얻은 인생
남다른 평안으로 살고 있다

또
하루가 간다
큰 산을 넘고 나니
작은 봉우리들이 기다리고 있다
수학 문제 풀듯
삶 또한 술술 풀리면 좋으련만

꽃피면 꽃 지듯
자연을 노래하며 살고 있다
욕심 버리고 나니
오늘 하루가 감사하다

옹달샘 그대

어느 날 문득 생각나는 그대
어둠이 슬그머니 꼬리치는 밤
그대 있어 외롭지 않다
만나지 않아도
말하지 않아도
마음 안에서 흐뭇하게 웃는다

아주 가끔 그대 얼굴이 회오리치면
마음 문을 열고 기다린다
초승달이 차올라 보름달이 되도록
그대에게 다가가 선다
그대 눈빛 머무는 곳에
밤이슬 맞으며 머무르고 싶다

그대 내 안에 머무르는 건
옹달샘처럼 마르지 않는
믿음 때문이다

비에게 동의서를

장마의 덫이 길다
거대한 빗줄기 앞에서 손 하나 쓸 수 없이
한없이 작아진다
어떨 때는 약비고
어떨 때는 슬픈 폭우다

지난번 우박에
국수처럼 가늘어진 옥수수 잎은
처방전이 없다
입으로는 다 할 수 있을 것 같은 말들
눈으로는 물의 깊이를 알지 못하듯
자연 앞에 작은 미물이 된다

살아야 한다
살아야 한다는 갈망 앞에서
쏟아지는 토악질
비야 비야
이제 동의서를 구하고 내려주면
안 되겠니
쉬엄쉬엄 가자며 비의 목에 방울을 단다

소낙비

하늘 문이 열려 비가 내리면
끌리듯 산책을 한다
산까치 따라 숲길 오르니
산딸기 같은 마음 귀퉁이에
그리움 들어

거미줄에 앉은 나뭇잎 하나
깃털처럼 가벼이 허공을 가르고
인동덩굴 줄기에 금은화 피어
허기진 가슴에 꽃물 스민다

빈손으로 오른 산
선물처럼 채워진 하루가
바람 부는 세상에
앵두 같은 꼬마 등불이
소낙비에 가슴 적신다

피지 않는 부추꽃

울타리 안 채마밭 부추는
꽃이 피지 않는다
봄부터 가을까지 잘라내기 때문이다
늘 받기만 하니 고마움을 잊고 산다

자라도 잘라도
돋아나는 부추
어머니의 끝없는 희생을
보는 듯하다
떠난 후에야 비로소 알게 되는
뼛속 깊이 새겨진 사랑

사랑의 꽃

아카시아꽃향으로 세수를 한다
벌들의 화음에 바람이 일어
마음 길 열어 준다
포도송이처럼 쏟아지는 향기
새들도 나무 위를 걸으며
먹이를 쫀다

꽃그늘에 앉아
미나리 향을 움켜쥐고
언제 이렇게
한가로운 날이 있었던가

다시 찾은 웃음꽃
네잎클로버 찾아
콩닥콩닥 뛰어다니는
가녀린 소년의 손목에
행운을 달아준다

으름 넝쿨

자연의 소리 들으며
맑은 공기 마시러
산으로 간다
보라 향기가 바람의 꼬리를
흔들며 따라온다
어디서 나는 내음일까

줄기줄기 빛을 감고
머물러 있는 꽃
방향을 잃을까
으름 넝쿨의 굽은 허리마다
향기가 짙다

달콤한 으름 열매가 생각난다
산 능선 따라
똬리 튼 목마름이 걸려있다

비에 젖은 꽃받침

바람에 부서지는
빗방울 울음 속을 헤집고
풀꽃들이 웃는다
고요한 산 둘레로 민들레가
꽃길을 만들고 있다
산그늘에 뿌리내린 복숭아꽃도
이제 괜찮다고 봄날을 즐긴다

아픔은 오롯이 자신을 위한
삶이길 고백하는 것
지루하게 기다리던 꽃들도
문을 열어 색색으로 핀다

시간이 소중한 생
너와 나의 꽃받침으로
더욱더 단단하게
봄날을 품고 있다

녹색 신호등

소하를 지나 하얀 지하 차도를 간다
흑갈색의 속을 비우고
백색 화선지로 거듭나기 위해
4차선 도로를 달린다
꽉 막힌 도로 위에서
외로움은 더 커지고
적색 신호등은 켰다 껐다를 반복한다

벼랑 같은 길 위에서
희미해진 방향 선을 또렷하게 그리기 위해
달려온 길
마침내 녹색 신호등이 켜졌다
모두 정상이라는 신호등을 켜기 위해
오늘도 길 위를 달린다

식목일

나무 심는 날
나는 텃밭에 감자를
손자는 상치를 심었다

땅속에서 지도를 그리던 지렁이가
호미질에 놀라 몸을 뒤척이다가
흙 속으러 들어간다
삽질 몇 번에
달팽이 개구리도 이른 봄을 맞는다
땅속 땅 위가 실 풀리듯 맞잡고 간다

얼마 전 양봉을 하는 농가에
꿀을 부탁했다
요즘 벌이 사라져 꿀이 없단다
벌이 없어 수박꽃도
손으로 일일이 수정을 한다고
순간 내가 벌이 되어 날개를 단다

봄꽃처럼

풀꽃처럼 아름다울 수 있다면
얼마나 좋을까
소나무와 어우러진 벚꽃처럼
아름다울 수 있다면
얼마나 좋을까
수선화 꽃잎같이
아름다울 수 있다면
얼마나 좋을까
석축 밑에 피어난 할미꽃같이
아름다울 수 있다면
얼마나 좋을까

벚나무 아래 세워둔
차 위에 떨어진 꽃잎을 보며
이 꽃잎 어쩌지?
그냥 두면 이쁘지!
명쾌한 한마디
발끝에 꽃잎도 아쉬운 시간이 지나고
지난겨울 밀려 둔 눈꽃을 꺼내보며 말한다
너도 봄꽃처럼 아름답다고

공존의 법칙

텃밭 농사가 시작되면
작은 영역 다툼이 일어난다
상추며 쑥갓 씨앗이
싹을 틔우기도 전에 몸살을 앓는다
고양이들이 헤집고 간 발바닥
살금살금 뒷걸음질로
아무 일 아니라는 듯 눈만 굴린다
다시 씨앗을 뿌리고
얼기설기 나뭇가지로 덮어
고양이 발목에 주문을 건다
여긴 내 영역이라고

사발 그릇

어떻게 살아왔는지는
상관없다
꺼내볼 수 없는 마음
포장된 말이 그런 줄 알았다
그 때문에 가슴앓이했다
이제야 그 아픔을
동토로 흘려버리고
믿었던 흔적을 지운다
깨진 사발을 버리듯
전화번호도 버린다

산길을 걸으며
저녁을 먹으며
찻잔을 기울이며
나누던 시간도 지운다
지워도 다 지워지지 않는 눅눅한 날들
새 사발이 행복으로 채워질 때까지
비우며 지우며 산다

흔들리는 뿌리

야생의 씨앗은
척박한 땅에서도 촉을 틔우고
마실 가듯 뿌리를 뻗는데
나는 뿌리를 내리지 못하고 있다

산까치의 무리에
소란스러운 아침이
뿌리를 잊고 흔들린다
오늘은 무엇을 위해
살아가는 건지
스스로에게 묻는다

출렁다리

물결 위를 걷는다
물고기 떼의 소리 들으며
출렁이는 구름 속을 걷는다
지난겨울 떠나버린
내 안의 나를 찾아

소소한 일상의 일탈
동동주 한 잔에
붉게 물든 넋두리 귓가에 걸어두고

한 잔 술을 마시고
버어지니아 울프로 떠나버린
목마와 숙녀를 한 소절 읊고 나니
긴가민가 흔들렸던
무게 추가 일상으로 돌아와
출렁다리 위의 발걸음이 가볍다

기다림

불꽃이 사라지던 날
아무것도 할 수가 없었다
부엌에 들어서면
달그락거리기는 하는데
시간만 흐르고
먹을 거라곤 춘궁기다
덩달아 입맛까지 달아났는지
반찬 투정이 늘었다

어릴 적 마당 있는 집에서
모닥불 피우며
들마루에 누워
별자리 세던 그때가 좋았다
내일이면 배달되는 소중한 불
긴 기다림에 잃어버린 입맛도
봄 오듯 찾아오겠지

불면의 밤

밤이 하얗게 뿌리째 뽑혔다
암막을 치고 잠을 청하지만
시계 초침 소리에 베갯머리 하얗다

꼬리에 꼬리를 물고 엮여오는
상처 입은 생각들과 잡념이
산봉우리처럼 부풀어 오르고
두 눈은 창가에 별이 된다

열병을 앓다가 잠든 새벽
이 생과 저 생을 건너는
흐릿한 꿈을 꾸다가
아침을 맞는다

4 오안
봄바람 탄 풀꽃

한마디 말에도 봄은 오고
한마디 맛에도 봄은 찾아와

봄이 오는 길목에서

발뒤꿈치에서 들려오는 물소리
봄은 서둘러 곁에 와있다
논두렁 가슴을 헤치고
봄바람 탄 풀꽃을 부른다
한마디 말에도 봄은 오고
한마디 맛에도 봄은 찾아와
발끝마다 봄이 나풀거린다
구부러진 들길에
아지랑이도 대지에 입 맞추며
한 걸음 한 걸음 봄 길 따라 서성인다

별꽃의 하루

텃밭으로 소풍 나온
별꽃들의 웃음이 길어진다
작은 몸짓으로 봄을 어떻게 찾아왔니?
눈에 넣어도 아프지 않다는 말은
이럴 때 쓰라고 있는 듯하다

작은 것은
예쁨을 받고 싶어서인 듯
혹여 고양이 걸음 질에
밟혀버리기라도 할까
무리 지어 피어나는 것일까

때마침 내리는 작달비는
꽃잎 웃음에 가슴 붉게 물들이고
이를 두고 이로운 봄비라고만 한다

느닷없이 찾아온 꽃샘추위는
작은 꽃잎을 아프게 한다

작은 별꽃의 하루에서
삶을 배운다
풀꽃의 하루가 길다

민들레꽃 피면

꽃 피는 봄이 오면
발걸음은 휴게소로 향한다
한 계단 한 계단
민들레꽃 핀 계단을 오르고
화살나무 울타리를 지나면
고향집 문턱을 넘는 듯하다

바람을 가르는 자동차 사이로
그리움은 고속도를 달리고

부모님 돌아가신 후
시곗바늘은 멈춰
그리운 그림자만 따라다닌다
북쪽에서 남으로 떠나는 차들
민들레 꽃씨
기억을 찾아 날아다닌다

봄이 올 때

바람이 소매 끝으로 스며든다
산길 땅속 동물의 굴에서
김이 서리지 않는다
봄이 왔나보다

이 나무 저 나무 날아다니는 청설모
봄나물을 다듬는 손에 기어오르는 거미
터질락 말락 한 매화 꽃봉오리
미나리 향이 그리워지고
친구와 수다가 길어질 때
보고파 찾아간 부모님 산소에
제비꽃이 반겨줄 때
봄은 이미 와 있었다

봄을 기다리는 꽃신

손가락 사이로 봄이 들어와
신발장 정리를 한다
꽃신 한 켤레가 봄을 기다리고 있다
오일장 예술가가 새롭게 붓칠한 것

비 오는 날이면
신발 한 짝이 마음속에 자라고 있다
폭우로 아버지 등에 업힌 등굣길
흙탕물 속으로 곤두박질치며 떠내려간 꽃신
희미해지는 기억 속에
떠나버린 신발보다
아버지의 온기가 봄바람처럼 일어나고 있다

병막산의 봄

나무 끝에서 주춤거리는 새벽별처럼
아직은 때가 아닌 것을 알고
기다리고 있는 꽃봉오리
갈참나무 목덜미를
두드리던 딱따구리 날아간 뒤
금방이라도 터질 듯한 생강나무는
꽃봉오리만 달싹이고 있다

아직은 시린 봄
찔레꽃 순에 걸려 나부끼던
꽃샘추위에 화들짝 놀란 수줍은 꽃망울
믿음 소망 사랑의 돌탑을 쌓아 올린
병막산 사내의 가슴속에는
어느새 조각조각 꽃물 스며든다

백목련

꽃샘추위에 떨어진
목련 꽃잎 하나가 배달되었다
피기도 전에 남겨진
꽃의 눈물 한 종지 받아 든다

뭐에 그리 성급하였나
고봉밥 봉분 위로 비틀거리는
빈 가지만 남기고 사그라진 꽃

봄이면 무덤 위로
제비꽃 망초꽃 놀러 와
바람처럼 떠난 허무의 꽃잎에
고개 숙이리

목련꽃

도토리 익어가는 가을날
상수리나무 아래
소담 소담 올라온 질경이
맹독에 사라졌는지 흔적도 없다

지난날 내 마음속에는
독사의 맹독보다 더 지독한
말의 칼날이 가슴을 훑었다
그때부터 젖은 말들에 갇혀 버렸다
용서하지 못할 말은 몸을 병들게 했다
세월은 흘러 모든 걸 내려놓은 지금
비로소 행복의 문이 열리고
품고 있던 독의 칼날은 무뎌졌다
이른 봄 피어난 목련꽃처럼

봄 봄

아무리 추워도
봄은 꽃의 입을 벌리게 한다
봄기운이 성큼성큼 다가온다
매화꽃 몽우리
목련꽃 눈에서
남녘 훈풍을 타고
슬멋슬멋 봄은 숨결을 풀어놓는다

겨울과 봄의 입맞춤에
한바탕 어우러지다가
겨울이 빠져나간 자리
이제 봄은 마음 놓고 온다

미루나무 그 사람

뻗어 올라
하늘에 말하고 싶은가
땅속에 전하고 싶은가
뿌리가 열 길 물속이다

백곡천 줄기 따라 하늘 품은
미루나무의 용맹이 그 사람 닮았다
시의 집을 지어라 지엄한 호령도
시로 곱게 물들이고픈 깊은 사랑도
곧게 치솟는 미루나무 같은 애절함에
가슴 아린다

지어도 지어도
얼기설기 알갱이가 없고
금방이라도 무너질 듯한
집의 버팀목 그 사람
미루나무 같은 그 사람

때늦은 속죄

청춘에 홀로 된
시어머니의 시집살이는 혹독했다
이런저런 생트집에
하루도 해 뜰 날이 없었다

끝자락엔 며느리 손끝마다
애기똥풀꽃 꽃물을 들여 주고 떠나는데
미안하다 고생했다
한마디 말 없는 시어머니가 야속한 며느리
사후세계가 있는 건지
그날 밤엔
백발 된 며느리 꿈속에 나타나서
미안하다 고생했다
속죄를 한다

톡톡톡

톡톡톡 콩을 털 듯 자근자근 두드린다
봄이 온 듯 나긋나긋해진 몸에
물줄기가 흐른다
톡톡톡 잡생각을 턴다
빨래처럼 말갛게 헹궈진 몸
봄 햇살에 걸어둔다
청국장 기다리듯 기다리다 보면
가지에 물기가 흐르고
잎새가 구름 속에 걸린다
몸과 마음에 톡톡톡
딱새가 깃털 다듬고 날아간다

너럭바위

한 뼘 더 커진 봄
긴 터널을 지나 속삭이듯
웅크렸던 몸 털며 기지개 켠다
구름에 걸려있던 빗물 머금고
움트는 나뭇가지에 웃음 방울 맺힌다
들녘 미물들 수다가 길어지고
개울가 물오리 한가한 오후

누더기 같은 어제의
마음속에도 봄은 쑥쑥 자란다
도깨비바늘 밑에 숨어 지내던 봄
떨어진 바늘의 수만큼
새날을 꿰고
빗물에 씻기어진 허물 떨어져
너럭바위 위에도 봄이 찾아든다

둠벙

봄이 찾아든 논 귀퉁이 둠벙 속에
도롱뇽알이 탯줄처럼 엉켜
까만 눈망울을 굴리고 있다
그 속엔 미꾸라지며
우렁이 소금쟁이도 꿈틀대고 있겠지

뭇 생명이 살아가는 둠벙처럼
마음속이 깊었으면 좋겠다
까시라기 같은 마음 버리고
포근한 안식처가 되고 싶다
심장의 촛불이 꺼질 때까지
정이 마르지 않는
둠벙 같은 삶을 살다 가련다

벚꽃 인연

벚꽃 그늘에서
스치고 간 사랑의 향기를 음미한다
뜻하지 운명처럼 다가와
새로운 길로 이끈다
벚꽃잎 바람에 흩어지듯
떠난 인연들 얼마나 많았던가

꽃 그림자 등에 업은
청둥오리 일가가 한가로운 날
신발위로 벚꽃잎 떨어져
꽃길 걷게 한 이들
벚꽃 같은 마음으로
시심을 채근한 그 사람
생각만 해도 벅차오르는
외길 인생 그 사람

아파트

새로 이사 온 윗집 남자의 코 고는 소리가
새벽잠을 깨운다
벽과 벽 사이 이웃인 듯 아닌 듯
서먹서먹한 공간 속에 갇혀버린 삶
엘리베이터 안은
온통 극기 훈련하듯
꼿꼿한 마음 문을 열지 못하고
핸드폰에 등 돌린 침묵이다

언제쯤 폭폭한 마음 열고
살아갈 수 있을까
잃어버린 한마디 말 대신
적막을 깨는
관을 타고 흘러내리는 물소리
청소기 돌아가는 소리로 가득한
아파트 101호 102호 명함만이
덩그러니 서 있다

삼 형제 저수지

해마다 정월이면 부용산을 오른다
삼 형제 저수지가 내려다보인다
낮이면 구름 몇 조각
저수지 뜰에 쉬어가고
기러기 한가로이 놀다 가는 곳

산 아래 육령저수지에 근심 걱정 던지고
눈 돌려 사정저수지에 마음 비우고
돌아서 백야저수지엔 사랑담은 희망 나눈다
하루해 저물어
별빛도 총총 쉬어가는 쉼터
삼 형제 저수지다

늙은 호박

두엄자리에서 저절로 싹터 자란
늙은 호박
냉동실에서 겨울을 보내고 있다
꽁꽁 얼어붙은 황금색
물컹물컹 녹여 보자기에 짜 떨어지는
자연의 땀방울을 마신다
햇볕, 물, 바람이 길러낸
달콤함이 온몸으로 스며든다

비릿한 생의 뒷골목에서
보석으로 다시 태어나길 바라지는 않지만
아름다운 세상에 사랑을 더해
일상의 풍경을 아끼며 살고 싶다

오일장

세밑 전통시장을 가득 메운
오감의 맛이
소쿠리에 담겨 주인을 기다린다
생선 좌판에서 고등어 한 손
과일 좌판에서 밀감 한 바구니
채소 가게에서 콩나물 한 아름 담아 왔다

저녁 밥상 위에
조개가 달가닥거리고
동동주 한 사발에 빠져버린 고등어
입속에서 곡예를 한다

농부 땀방울에 알알이 영근 향기가
연기처럼 날아다니며
밥상 위를 기웃거린다

5 오안
세월의 벽을 타고

실핏줄 같은 손짓으로
이야기하듯 그려내는 벽화 앞에서

겨울 담쟁이

빗금 그으며 담벼락을 채색하던
담쟁이의 메마른 줄기가
이슬에 젖고 있다

오르내리던 잎 진자리엔
떠나간 푸름이 낮달처럼 희미하고
기지개 켜며 뻗어나간 줄기는
세월의 벽을 타고 물결처럼 흐른다

가닥가닥 펼쳐 보이는
실핏줄 같은 손짓으로
이야기하듯 그려내는
벽화 앞에서
어머니를 쏙 빼닮은 나
한 뼘 두 뼘 무지갯빛으로 붓질하며
한 해를 보낸다

눈이 내리면

유년의 기억이 다녀간 오솔길 따라
겨울이 내린다
아무도 가지 않은 눈 내린 길 위에
콕콕 박힌 고라니 발자국 뒤뚱거리고
결실을 위해 노란 방가지똥 핀
담장 밑에도 하얀 추억이 피었다

한 올 한 올
눈발 위로 그리움이 뚝뚝 떨어져 내린다
눈꽃에 감춰져 있던
들켜버린 속마음
빗장 밖으로 내달리고
유년의 기억들이 고향을 부른다

논바닥 갈라지듯 메마른 가지에
냉기가 찾아와
어머니의 어깨 위로 내리던 눈이
내 어깨 위에서 사르르 녹는다

겨울 모기

소설이 지난 요즘
마음이 따뜻한 주인이 있다고
바람이 전해주었는지
창문 틈새로 들어온 나그네가
한밤중 겨우 잠든 단잠을 깨운다
불을 켜면
달아나고
불을 끄면
아기가 젖 달라 보채 듯
귓전을 맴돌며 앵앵거린다
요놈 모기 잡히기만 해봐라
숨바꼭질에 밤이 하얗다

겨울에 핀 꽃

벌 나비 숨어든 겨울 들판의
낙엽 속에서 민들레 웃고 있다

광대나물 냉이 꽃도
논둑 아래서 여린 꽃잎 날린다

겨울 꽃 지고 나면
봄엔 어떻게 꽃 피우려나
눈 내리는 들길에
달맞이꽃 잠들어 있다
자식들 홀로 선 후에
주름진 꽃대 올려
품 내어 주신 어머니 같은
예전에 보지 못한 겨울 꽃
이제야 본다

휘파람을 분다

지나던 바람이
잠시 쉬어가는 밤이면
창가에 서서 휘파람을 분다

핑크빛 사랑도
돌담을 넘나드는 휘파람새가 전하고
지나온 삶에 묻어둔
사금파리 한 조각 야위어 갈 때
고사리 손 접어 V자로 방긋 웃는
손자에게 들려주는 휘파람 사랑

짝 잃은 홀숫날 따라나서는
허기진 마음에 휘파람 불면
때 이른 매화꽃 가슴을 두드린다

벽의 공간

세상이 벽처럼 느껴질 때가 있다
그럴 때면 사랑하는 사람을 떠올리며
벽의 공간을 찾는다
마음이 허허로울 때
산을 넘어가던 바람이
마음의 벽 사이를 스치고 간다

꽁꽁 묶였던 길 위에
실금 간 빈자리 찾아
풀씨 떨어져 어두워진 공간이 푸르다

기다리고 기다려 바람이 새어들고
햇빛이 날아드니 벽은 허물어져
외로움의 공간에 달빛 머무르고
달아오른 햇살에
벽의 공간엔 풀씨 돋아 푸르다

민들레

민들레가 유난히 노랗다
멀리 바다 건너에서 날아와
빈 가슴 화려하게 색칠하고
꽃받침 내리며 고향을 그리워하는
서양 민들레

토종민들레는
꽃술을 받치고 이 땅의 일꾼으로
꽃을 피운다
사랑스럽고 귀한 꽃이다

토종민들레처럼 변함없는 사랑으로
시대를 받쳐줄 사람을 만나고 싶다
폭풍에 시달려도 저마다의 가슴 속에
불타오르는 꽃으로 피어나리
아침노을로 피어나리

저녁노을

12월의
산책길 위에 산 그림자
가냘프게 내딛는 발자국마다
아린 가슴 따라나선다

얼어붙은 나무 사이
햇살이 피어오르면
흑백 사진 속
꽃 내 나는 기억을 그리워하며
나는 어디에 서 있는가 돌아보니
어느새 황혼
애틋한 마음은 뒷걸음질한다

향기 나는 말

길모퉁이에 쌓인 눈이 녹아
겨울을 적시고 있다
어린 시절 재잘거림은
함박꽃으로 피고
생강나무 눈꽃 내음이
봄을 부른다

손자에게
귤 먹으라는 말에
향 먹을게요
그 말에 가슴까지 향에 취한다
동전의 양면 같다는 말
등 돌린 말 때문에
상처받지 말자고 되뇐다
겨울밤 한줄기 등불을 밝혀
향기 나는 말로 행복을 부른다

그대 있음에

아침에 눈을 뜨면 나직이 들리는
그대 온기가 있어 좋다

메마른 세상에
하얀 머리 풀어 헤친 한겨울
억새처럼 굳건히 지켜준
가족의 대들보 그대 있어 좋다

철없는 듯 투정하는
그대가 있어 좋다

눈꽃이 햇살에 눈물 흘릴 때도
가족의 그늘이 되어준
그대 있음에 감사하다

낙엽 하나 떨어질 때까지
바람막이가 되어주는
부부의 인연이 행복하다

삶의 현장

동틀 무렵
기계음의 거친 숨소리가
아침을 깨운다
12월 동장군도
얼룩진 땀방울에 휘청거리고
흐르는 물처럼 돌고 돌며
품 내준 가슴 한켠

세상 모든 아버지의
심장 소리가 퍼지는 노동 현장
험한 날 마다치 않고
우뚝 서 있는 노고로
푸르게 살아간다

말

길거리에서 만난 고양이가
야옹야옹 말을 건다
말이 행복과 믿음
그리움을 부른다

골목에서 마주 선 고양이가
야옹야옹 말을 건다
말이 가시가 되어
꼬리 물고 실타래처럼 엉킨다

어떤 말은 첫눈처럼 설렘으로 다가오고
어떤 말은 화살이 되어 가슴에 꽂힌다

그동안 내뱉은 수많은 말
눈꽃으로 피어나라 기원한다

겨울비

문고리 너머로
내리는 비가 가슴 가득
채워지는 날이다

지난 그날이 생각난다
합창을 마치고
들뜬 푸르름이 우르르 달려가
온돌방에서 맛보는 자장면에
물든 입술을 서로 바라보며
웃음 날리던 행복

세월이 흘러 뭐든 풍성한 요즘
서로 보듬던 시절의 먹거리가 생각나는 건
가슴에 고인 추억 때문인 듯
그중에도 으뜸 맛은
아궁이 장작불에서
뚝딱 만들어 지던 늙은 호박전
어머니 손맛이 겨울비에 젖어 든다

욕망의 늪

야금야금 알아가는 생에
하늘은 목화솜처럼 부풀어가는
길을 재촉했다
소소한 행복을 잊고
더 높은 곳을 헤매던 날의
변명 같은 후회
아직도 탐욕을 내려놓지 못한
반성의 혀를 끌끌 찬다

욕망의 늪에서
하나 둘 비워지는 마음에
행복이 싹튼다

지붕 없는 박물관

경주 그곳에 가면
골짜기마다 한 시대의 숨결이
숨바꼭질한다

수백 년 아니 수억 년 내리는
빗물로도 지워지지 않는
부처의 기가 윤회하듯 흐르고

바람도 비껴간
켜켜이 쌓인 흔적

바위마다 새겨진 힘
가슴 속에 파편처럼 스며든다

옹이

이슬이 다녀간 발자국 따라
웃음치료사처럼 깔깔대며 걸어가는 길
나뭇가지 툭 떨어져 올려다보니
엄지보다 조금 큰 새가 먹이를 찾고
고개 내민 망태버섯 자태에
고단한 인생 주름을 편다

가슴속에
옹이 하나 품고 살아온 삶
옷고름 풀어 헤친 그녀들의
말잔치는 끝이 없다
사연 없는 인생이 어디 있을까
헝클어진 몸 고쳐 세우려
진한 차향 우려내듯 숲길을 걷는다

보이지 않는 생명의 눈

늦가을 땅속에는
봄을 기다리는
씨앗의 눈이 있다
입동을 지나 눈꽃이 대지를
촉촉하게 적시면
너의 속살거림은
이미 봄날을 기약한다

빛바랜 낙엽이 내려앉은 포근함에
옷깃 여미고
후드득후드득
빗방울 소리에 마음 적신다
어느 볕 좋은 봄날의 외출을
땅속 생명은 알고 있는 듯
세상의 희로애락을 잠재우고
대지에 누운 생명의 눈
다가올 봄날을 꿈꾼다

거미줄 · 2

떨어진 낙엽 하나
거미집 뜨락에서 가을바람을
두드리고 있다
서커스를 보는 듯
매달린 빛바랜 나뭇잎
헐벗은 나뭇가지를 본다

연둣빛에서 오색으로 물들 때
살얼음판 같은 생의 주행 길에
때론 하늘이 노랗다는
말의 곡예를 넘을 때도
어머니의 아픔을
먹고 자란 그리움
거미줄에 걸린 듯
고향의 그림자에 머물러 있다

칡 이야기

배배 꼬인 새순이 허공을 향하고 있다
해묵은 칡넝쿨의 어긋난 사랑에
새싹들이 긴장하고 있다

살아가는 모습은 각기 다르지만
칡잎 줄기가 무성히 자라면
누군가는 흐려진 눈을 뜨고
굽은 허리가 되어야 한다

그윽한 칡꽃 향기는 바람에 실려
공간을 샅샅이 훑고
코끝을 실룩이게 하지만
누군가의 희생 없이는
이루어지지 않는다

틈 없는 사랑이 지나쳐
공간을 찾아 밀어 올리는
다른 사람의 마음을 헤아리는
지혜의 눈을 갖게 해달라고
새순처럼 두 손 모은다

세월을 헤아려 빚다

- 말의 화살

증재록 한국문인협회홍보위원

1. 심지를 세워 불을 달린다

오늘도 평안을 간구하는 자리엔 건강이 있어 하루를 말고 펴고 순간을 보내고 맞으면서 숨쉬기다. 행복도 사랑도 그 안에서 꽃피고 맺는 열매가 풍성하다. 누가 가져갈 수 없는 그 끈끈한 정이 서린 다순 손결, 한 순 또 한 순 차곡차곡 잎새와 꽃잎 달궈 갈무리한다.

켜켜이 시가 반짝이는 응천 둘레길을 걷는다. 세월을 헤아리며 빚어내는 물결이 반짝이는 찰나가 그새 달콩달콩 신비의 맛이다. 맛과 맛이 어울려 멋으로 피어나서 오늘 눈을 밝힌다. 가없는 세월에 시침을 돌려 마음 졸인다. 틈새마다 웃음소리 달궈 사랑을 절인다. 산야에 아까시꽃 진을 칠 때 살그머니 내민

가시진 얼굴이 부끄러워 햇살에 쐴 때 그 기운은 연한 초록의 신선 날개다.

붉다. 불타오르는 '오안 김분조' 시인이 불러일으키는 심장은 두근댄다. 오늘 비로소 가슴속 심장을 꺼내본다. 툭 불거져 나온 걸 보는 거다. 그저 튀고 뛰고 간격이 일정하게 달려온 그 오랜 세월 별 탈 없이 두근두근 그런가 보다 했다. 그게 툭 불거져 튀어나온 거다. 뭐야! 튀는 피가 붉다 노랗다 주황이다 엉긴다 모두 꽃이다. 편 편 잘리고 갈라지고 쪼개지고 둥글고 사각이고 세모고 그렇게 삶을 이야기한다. 겹겹 겹치는 골짝엔 맑은 물이 졸졸 흐르고 좋았던 시절이 모두 몰려와 피우는 꽃은 만화방창 와자하다. 소리마다 심지를 세우고 불을 달린다. 모두 꽃을 피운다. 새의 길을 오르다. 어울림의 참뜻을 담은 마음의 그림을 그린다. 오늘을 알기 위하여 내디디는 걸음은 사방을 본다. 오롯이 안팎을 살피는 길, 거기엔 오래도록 살아가는 안온한 꽃을 피운다. 산이 뿜어내는 기운을 담은 잎이며 뿌리 목적지에 이를 때까지 어울려 함께라는 표찰을 건다.

2. 신명은 빛줄기다

내쏘는 빛살에 고인 눈물이 뻗쳐 무지개가 하늘을

오르고 비겁하지 않게 파동 치는 시간을 참아오며 손
뻗은 갈망은 끝내 사랑이다. 평생 찾아 헤맨 꽃 그
안으로 텀벙 빠지고 만다. 꿀에 젖어버린 날개가 꽃
을 흔든다. 홀린다는 거 그 앞에서 잃은 정신은 혼미
하다. 햇살 환하게 비추면서 신명의 빛줄기를 친다.
텃밭에서 살그머니 꽃이 터지다니 이 솔 저 솔 그 솔
의 정겨움에 오늘을 안으며 정겨움을 피운다.

> 무너미 들길을 걷는다
> 한 마리 새가 창공을 갈라
> 길을 내며 오른다
> 담쟁이가 연초록 머리 들어
> 벽을 오르며 길을 낸다
>
> 길이란
> 어떤 날은 집채만 한 파도가 막고
> 어떤 날은 마음속 돌풍이 막고
>
> 살다가 어느 날 생명을 다하면
> 잊힌 사람이 되듯
> 모든 시간이 흐른 뒤
> 그 사람의 발자취를 좇아
> 큰 울림으로 깨달은 진실에
> 새로운 길을 만들어 간다
>
> ─「길에서 길을 찾다」전문

탄생은 길 찾기다. 한 삶의 방향을 설정하여 험난한 길을 개척하고 목적지를 향해 자기를 추구해 나간다. 여기서 저기로 무한한 거리와 너비의 공간에 나의 길 내기, 고난과 어둠을 헤치며 성취를 위해 달리고 서고 쉬고 문제를 내고 풀어가면서 길 찾아가는 거, 구부러지고 돌아가고 헤쳐 가며 끝내 아득한 진리를 찾아가는 길, 해와 달과 물과 바람의 울림으로 깨달음에 이른다면 하루하루를 열심히 살았다는 자취다.

언제 그랬냐는 듯 고요하다
비바람에 놀라 서성이던 호박
푸른 잎을 밀어내고 있다
상처 난 상춧잎 뒤에 웅크리고 있던
딱정벌레도 제자리 찾았다
담장 밑 빛바랜 장미의 꽃잎에서
허기진 추억이 한 줌 돋아난다
우박에 방울방울 떨어지던
방울토마토의 눈물
속울음 삼키시던 어머니 마음 같다
새살 돋듯 돋아난 부추 섶에
투영되는 가느다란 기억들
호미처럼 굽은 허리로 일궈낸
어머니 텃밭

채소를 먹고 자란 나
이제 내 손으로 거둔다
하나 둘 그리움을 딴다

－「그리움을 딴다」전문

눈물은 몸을 촉촉하게 하고 새살을 돋게 한다. 하루 한 시 살아가는 길에는 눈물과 땀방울이 앞날의 방향을 설정한다. 지난날을 부르는 기억은 그리움에서 피어나고 향수를 불러 열망을 세운다. 그리움에 젖다가 끝내 보고픔에 이르러 주저앉아 아닌 척 그런 척 두 눈을 두리번거리며 찾는 허리 굽은 어머니, 그 품에서 자란 사랑이 문득문득 오늘을 그립게 해 두 손을 더 움직인다. 호박이며 토마토며 채소가 펼쳐주는 어머니의 품을 그린다.

마당에 돗자리를 펴고 누워
비 온 뒤 맑게 갠 하늘을 보며
그림자를 밝힌다
뭉게구름이 만들어놓은 화선지에
집을 짓고 마음을 그려 넣지만
채워지지 않는 허탈에 눈을 감는다

흩어졌다 모아졌다
온갖 형상을 만드는 구름 사이로

흔적을 남기고 간 비행기
그 길 위에 새 희망을 모은다

　　　　　－「비 온 뒤 하늘」전문

　꿈을 이루기 위해 달려온 길이 아득하다. 뒤돌아보
는 길은 언제나 멀고 안개가 낀 듯 망연해 아득할
뿐, 시심을 펼쳐 현실을 변용하며 그림을 그려 넣는
다. 그림은 자화상으로 그림자를 끌고 와서 회색을
칠한다. 이것도 저것도 아닌 흉내를 내며 남의 길을
밟아온 자국은 이내 지워지고, 달려온 거리만큼 넓어
진 심성은 휑해져 허탈한 마음을 채우기가 어렵다.
정신의 힘은 언제나 틈을 비집고 나온다. 잡히지 않
는 구름 사이로 길을 내고 가는 비행기처럼 바람 타
고 올라 휘젓는 손짓으로 새로운 희망에 젖는다.

발뒤꿈치에서 들려오는 물소리
봄은 서둘러 곁에 와있다
논두렁 가슴을 헤치고
봄바람 탄 풀꽃을 부른다
한마디 말에도 봄은 오고
한마디 맛에도 봄은 찾아와
발끝마다 봄이 나풀거린다
구부러진 들길에
아지랑이도 대지에 입 맞추며

한 걸음 한 걸음 봄 길 따라 서성인다

–「봄이 오는 길목에서」전문

물은 생명이고 삶의 교시다. 봄을 맞는 물소리는
깨끗하고 사심 없는 순수에 삶의 참맛을 준다. 봄은
희망이고 여백에 펼쳐지는 사랑으로 아름다움을 창조
한다. 언제나 앞을 지향하는 발끝에 봄은 찾아와 길
을 펼쳐준다. 걸음걸음마다 맞이하는 것과 가버리는
것의 모습을 체험하면서 상징성의 옷을 입힌다. 시는
의미의 증폭이 커질 때 감동을 줄 수 있다고 하면 잠
시도 머물지 않고 시간을 앞서서 빈 곳을 향해 채우
는 봄맞이에서 삶의 뜻을 찾을 수 있을 거다.

빗금 그으며 담벼락을 채색하던
담쟁이의 메마른 줄기가
이슬에 젖고 있다

오르내리던 잎 진자리엔
떠나간 푸름이 낮달처럼 희미하고
기지개 켜며 뻗어나간 줄기는
세월의 벽을 타고 물결처럼 흐른다

가닥가닥 펼쳐 보이는
실핏줄 같은 손짓으로

이야기하듯 그려내는
벽화 앞에서
어머니를 쏙 빼닮은 나
한 뼘 두 뼘 무지갯빛으로 붓질하며
한 해를 보낸다

-「겨울 담쟁이」전문

앞을 헤아리지 못하는 벽은 깜깜하지만 쉼 없는 열기가 타고 오른다. 메마른 길을 푸르게 채색하는 손짓은 땀으로 범벅이다. 스스로 곧추세울 수 있는 힘은 벽이 있어서 가능하다. 발의 힘줄과 손의 핏줄을 세워 함께 라는 공존의식으로 벽을 덮는다. 청정한 의미는 상승의 폭을 진동하고 고달픔을 탈출하기 위해 하늘을 지향한다. 끊임없이 바라보며 오르는 끈기에 떠오르는 무지개가 꿈의 성취다. 목표를 정하고 목적을 이루기 위한 길을 간다면 잡을 수 있고 오를 수 있다.

3. 어둘 수록 빛을 낸다

'오안 김분조' 시인, 오늘의 안온한 숨을 위하여 그 분이 주신 시와 분과 초를 안으면서, 재 너머 다래끼

산에서, 개울 건너 보구니산에서, 산 너머 소쿠리산에서, 시선의 손이 다듬어 품어주는 정성에 문득 떠오르는 주름이 막 일렁인다. 때가 되면 가마니 자락 펼쳐놓고, 아궁이에서 끄집어내온 재를 보들보들 지푸라기에 묻혀 바악빡 빡빡 문질러 반짝반짝 빛내던 손마디, 주욱 차린 상 그 머리에 앉아서 떠오르는 영상에 숨이 가쁘다. 정성과 땀을 새겨라, 울컥 무엇인가 쑥 올라온다. 울고 싶었을 때 한 번도 울지 못하고 살아온 나날, 시 그릇 앞에서 싹싹 빛나도록 운다. 잠시만 눈 돌리면 왜 그리도 시퍼런 살이 징그럽게 핏줄을 솟구었는지 그냥 막사발이었으면, 막 막을 쳐서 막을 올리고 막을 내리고 낡아져서 더 부드러운 행주로 쓰윽 그렇게 손 씻고 잠자리 들었으련만 어쩌자고 무슨 양반네라고 반짝이는 놋그릇으로 팔자걸음을 그리도 흔들어 댔는지, 쓰윽쓰윽 한 톨도 안 남긴 놋그릇이 그냥 뎅그렁 종을 친다.

아침 촉감이 시리다. 똘망똘망 동공이 아침을 열며 오늘을 포근히 안는다. 병꽃이 발그레 웃음 짓는 병막골이 유연한 등을 펼치고 길을 내준다. 잘잘 이슬이 밴 비알에 바람이 떨구고 간 씨앗 하나가 이슬 위로 이리저리 몸을 굴리더니 이리 좋은 흙이 있느냐며 불리고 불려 자리를 넓히고 푸른 채를 써는 채소를 쌈으로 싸고 무침으로 절이고, 연하디연해서 입술에

닿기만 하면 녹을 것 같은 살을 살살 풀어 빛을 낸
다. 어두울수록 더 찬연하게 오묘한 연두다. 언제 와
서 앉았는지 이슬이 방울방울 멀미를 하면서 지낸 무
성한 세월 하루를 뽑아 오늘로 끈다. 아픔과 슬픔 없
는 시간을 쌓는다. 상큼 새큼 색깔에 촉감이 시리다.
오늘도 안녕을 이루는 꿈이 꽃으로 피어 부드러운 햇
빛에 젖는다.

말의 화살

초판1쇄 인쇄 2024년 5월 20일
초판1쇄 발행 2024년 5월 25일

지은이 긴봇도
만든이 박찬순
만든곳 예술의숲
       등록 2002. 4. 25.(제25100-2007-37호)
주   소 . 충청북도 청주시 상당구 교서로2
전   화 . 070-8838-2475
휴 대 폰 . 010-5467-4774
이 메 일 . cjpoem@hanmail.net

ⓒ 김분조, 2024. Printed in Cheongju, Korea
ISBN 978-89-6807-215-4 03810
■이 책에 실린 작품의 저작권은 해당 작가에게 있습니다.

※ 이 책은 충청북도, 충북문화재단의 후원으로 문화예술육성
지원사업의 일환으로 지원받아 발간되었음.